I0548483

LES

DEUX NAPOLÉON

AU POINT DE VUE MONARCHIQUE

A L'OCCASION DE LA REPRISE DES AIGLES

MAI 1852

ANGOULÊME

IMPRIMERIE DE J. GIRARD

RUE TISON D'ARGENCE

LES DEUX NAPOLÉON

I

Avant que le premier nous sorte du cahos
Il nous avait montré, du haut des Pyramides,
D'un avenir prochain les côtés les plus beaux :
    La fin des luttes fraticides,
Pour fanal son génie et ses aigles pour guides ;
Et du Nil à la Seine éveillant les échos
Bientôt ce ne fut bruit que d'actes héroïques
Inouïs, disait-on, dans les fastes antiques.

Mais il dut résister au mirage enchanteur
    D'une folle et vaine conquête
Pour s'en tenir encor à l'Eternel honneur
D'effacer, au prix où la gloire le rachète ,
Une portion du sang versé sous *la Terreur*.
A peine il eut quitté les rives du Prophète
    Que, revenant de sa torpeur,
    La France émue et stupéfaite ,
Aux traits purs du guerrier et malgré l'épaisseur
De l'armure, entrevit l'Ange libérateur.

Les autels relevés, l'autorité remise
Dans la ligne du droit, sur la durable assise
    D'un pouvoir respecté ,
Pouvoir fort, maintenant, par l'auréole acquise
    Au nom prédestiné
Deux fois en lui fait peuple et deux fois couronné,
Ce fut et c'est le port : ma pensée est comprise ,
C'est l'Empire exhumé de ses vastes caveaux,
L'Empire qui renaît à l'heure que précise
    L'Aigle rendue à nos Drapeaux.

    Déjà, même entre nos héros
    Quelque confusion est permise,
    Et si des horizons nouveaux
Aux regards du second, tôt ou tard se déploient,
Où donc atteindra-t-il, quand, observés qu'ils soient
    Sous leurs aspects les plus saillants ,

Leur ressemblance éclate aux endroits saisissants
Du salut du pays, de sa grandeur conquise !..

Comme enfin les vapeurs que chasse au loin la bise,
Les éléments impurs de nos plus tristes temps,
  Balayés dans l'abîme,
L'édifice, en leurs mains, rajeuni de mille ans
Et, chaque fois, repris, du bas fond à la cime,
Révèlent leur mission depuis le coup heureux,
  D'émouvante mémoire,
  Qu'aux démagogues furieux
A porté, le premier, le Géant de l'histoire.

De combien de lauriers il orna le berceau
Du siècle de molesse et de doute où nous sommes,
Il l'élevait à lui quand il formait les hommes
Au culte de l'honneur, du solide et du beau...
Et toujours son étoile éclairant ses conquêtes
  Jamais n'apparut aux nations
  Et ne s'arrêta sur leurs têtes
  Sans y laisser de ses rayons.
La Victoire, à regret, lui devint infidèle,
Puis l'étoile pâlit et le siècle avec elle...
Ses dernières lueurs accrurent à nos yeux
Des faits d'arme voilés d'un crêpe glorieux,
Le deuil donne aux lauriers une teinte plus belle,
La tombe en s'affaissant rehausse l'immortelle.

Je tremble quand je touche à d'augustes revers,
    Pourquoi ma muse familière
M'amène, si vite, au temps intermédiaire,
Je veux dire à celui de ces règnes divers,
Régisseurs, à mon sens, d'un Empire sans maître.

Le premier, le plus digne et devant le paraître,
Dès qu'il puise son droit et son principe en Dieu,
Daigna nous *octroyer* (était-ce bonhomie ?)
Une constitution, du goût de Montesquieu,
Et qu'à deux pas de nous, ici-près, parodie
Avec ses libertés, à bruyant apparat,
    Une puissante oligarchie.

Mais le peuple n'est pas partout aussi béat,
    Or en France où la Sève abonde,
Où l'émeute rugit quand la tribune gronde,
    Longtemps avant qu'il expirât
Le Parlementarisme et toute sa faconde
Semblait moins avancé qu'à son noviciat.

Ère libre d'abord, ère de paix féconde,
    La politique *à sentiment,*
Politique loyale, au devoir asservie,
    Et louable, même, en succombant,
Quinze ans avait lutté contre la perfidie
    Des tueurs de la Monarchie,
    Lors du subit avénement
D'une toute mignonne et douce félonie....

Oui : mais à tel commencement
Telle fin... et l'on sait qu'en nos jours d'Anarchie,
Avant qu'un Bonaparte ait relevé le gant
A l'encontre, à la fois, de l'abrutissement
    D'une plèbe ennemie
Et des rêves, sans noms, qu'enfante l'Utopie,
    Il advint un moment
Où Paris crut sombrer avec l'Hôtellerie
    Des Rois dans une ignoble orgie.

Voyez où va l'esprit de vertige et d'erreur,
Un homme à qui la France avait dû sa splendeur,
Dont il personnifiait, à lui seul, la puissance,
    Auquel un trône à condition
De proscrire son sang et renier sa naissance,
N'eut, certes, inspiré que de la répulsion,
Napoléon, enfin, amère dérision.....
Parut usurpateur au règne légitime,
    Légitime à l'usurpation !

Quand on eut écarté de la relique opime
Tout ce qu'on sut tenir à l'Auguste victime
    Par la famille et l'affection,
Comme d'anciens débris on détourne le lierre
Pour y mettre en relief quelque nouveau blason,
On rendit à César l'attribut de son nom,
Ils dirent au Soleil : *Vous êtes la lumière !*..
    Comme aussi, qu'importait ou non

Tout autre hommage encor offert à sa mémoire,
Ils ne pouvaient donner ni rien prendre à sa gloire.

L'Empereur, au déclin de sa prospérité,
  Se sentant la clef de la voûte
Du plus beau monument qui nous ait protégé,
Avait dit : « Si je tombe on saura combien coûte
« La chute d'un grand homme » et l'oracle inspiré,
  Du destin a sans doute
Démontré jusqu'au bout l'infaillibilité.

Mais à d'autres malheurs qu'aux malheurs de la France
  Ah ! s'il avait pu compatir,
Il eût plaint aussi ceux qu'un jour ce vide immense
Aux peuples comme aux Rois devait faire subir.
Son aigle qui si loin avait lancé la foudre
  Seule pouvait la retenir...
Mais les Rois n'ont jamais connu le repentir
Qu'en leurs Palais en flamme ou près de se dissoudre.

Que de choses encor nous cèle l'avenir ?...
La faction qui toujours lui suscita la guerre,
La faction qui fit choix de l'odieux Calvaire
Contre l'élu du sang voudrait en vain surgir,
Il grandit dans le sein de la vieille Angleterre
Des fils de l'ilotisme, ingénieurs nouveaux,
Capables d'y dresser quelqu'horrible hécatombe
Dont le bruit vengera le long deuil de la tombe
  Et les souffrances du héros.

II

Vous aussi vous aurez, Prince, votre épopée !
Grâce au Ciel, elle peut, de moins de pleurs trempée,
A l'ombre des lauriers d'Arcole ou de Lodi,
Wagram ou Montereau, le dernier applaudi,
Occuper une page unique dans l'histoire.
     Que d'épisodes curieux !...
L'Héritier exilé d'un trône sans aïeux,
     Taillé dans la Victoire,

Deux fois attaque en vain un pouvoir déjà vieux,
      Pour être transitoire,
Mais aux mains, il est vrai, d'un Roi peu soucieux
Des droits de sa naissance et de sa propre gloire ;
Aussi quand ce dernier sous d'obscurs factieux
Succombait, à son tour, on put dire des deux
Que chacun atteignit au terme expiatoire
De sa témérité, dans un sens différent,
L'un pour s'être trop tôt souvenu de son rang,
L'autre pour en avoir trop perdu la mémoire.

Qu'une prison d'Etat a donc dû sembler noire
Au jeune prince, alors, à ses premiers essais,
Qu'excusera toujours l'entreprise hardie
      D'un cœur éminemment Français
      Et par le martyre ennoblie !..

      Regrettable insuccès !
Français ou non le mot l'est autant que la chose,
Puisqu'en réalité, cet insuccès fut cause,
Ne les conjurant pas, de malheureux excès
D'une stérilité !... s'il n'était de l'accès
Qu'ils ouvrent dans l'histoire à de beaux caractères
Inscrits ou survivants aux listes funéraires
De nos troubles civils : de ce temps de progrès,
      De progrès dans la décadence,
Qui bientôt, même avec l'enseigne et l'apparence

De la légalité, nourrissait des conflits
Qu'un dernier jour d'automne et d'aube printanière
Vit plus tard se dénouer, d'assez brusque manière,
Aux rayons encor vifs du soleil d'Austerlitz.

Jamais anniversaire eut-il cette influence ?...
Sans doute les lauriers appellent les cyprès,
Hélas ! et les plus purs ont créé des regrets.
Mais l'histoire est presbyte, elle en classe l'essence
     De loin, beaucoup mieux que de près,
      Seulement quand la défaillance
D'un peuple est à ce point que sa vie est en jeu,
Quoique coûte le fait qui lui rend sa puissance,
Il devance l'histoire, il loue, et bénit Dieu :
Tels nous le remercions pour le bienfait immense
Dont Strasbourg et Boulogne avaient eu la semence.

     Combien encor est-il d'effets
Que l'historien ne peut apprécier à distance ?
Ainsi de l'impression qu'auront faite au procès,
     Dans le monde et sur l'auditoire
De la très-haute Cour qui n'osait le juger,
L'attitude du prince et son déclinatoire
Si net, si foudroyant qu'un instant on dut croire
Que les Drapeaux n'avaient que la hampe à changer !

Et du prologue encor ce n'est qu'une partie !..
     L'autre est marquée à l'effigie

Du règne qui suivit plus de sept ans après ;
O vous qui l'écrirez, esquissez à grands traits
Jusques au deux Décembre où la péripétie
Marchant d'un pas plus sûr vers un but moins douteux
  A démasqué l'hypocrisie
   De ces esprits haineux,
  Sans entrailles pour la patrie,
Qui plaçaient l'Empereur exprès parmi les dieux
   Pour fasciner les yeux
Et jeter au Neveu, dans leur colère impie,
  Le venin de la calomnie.

Mais fusse aveuglement ou dessein cencerté,
Elle est invulnérable aux coups de leur férule
   Cette auguste dualité
   Que voile encor et dissimule
   Une admirable humilité :
Egale conception, même fécondité
   Et cet esprit froid qui calcule
Tout !.. jusques aux écarts de la témérité.

A chacun, toutefois, sa physionomie,
Un arbre a des rameaux dont la forme varie
   Bien que l'essence reste soi :
   Ainsi de l'homme en cette vie,
   Ainsi de l'Empereur et Roi,
   Et du principe qui le lie
A l'enfant qu'il voulut, un temps, pour successeur,
Lors très-loin de prévoir, qu'après une série

De vingt révolutions, sa pensée accomplie
Dut donner à l'Empire un continuateur
Affranchi des écueils où faillit son Génie,
Et, tous les jours, plus grand devant l'œuvre et l'auteur.

    Qu'il comprit bien sa destinée
Le jeune Aigle d'abord en son vol arrêté
    Et de qui la captivité
Conduisit au succès dont elle est couronnée;
    Jamais rien de si colossal
    N'a frappé l'Europe étonnée
Et pouvoir n'a posé sur pareil piédestal.
    Des baïonnettes valeureuses,
    Des bras nerveux, des mains calleuses,
    En ont creusé les fondements,
    Comme d'autres font des serments
    Fidèles aux causes heureuses.

Mais celle-ci, Messieurs, votre inconstante humeur
Ne la peut déserter; passer de droite à gauche,
Sans trahir le pays et le blesser au cœur,
C'est la cause de tous : celle du travailleur
    Contre le vol et la débauche,
    Du faible contre l'oppresseur,
    Contre l'orgueil, l'ambition folle
D'hommes souvent qui n'ont que l'habit de soyeux
    Et pour garant que leur parole;
Quand donc à ce pays il faut des demi-dieux
    Qu'entoure certaine auréole

De grandeur pour le gouverner,
N'est-t-il pas révoltant de voir de ces pygmées
　　Blanchis par les années,
Ne perdre point l'espoir, quelque jour, d'y trôner.

Fort bien qu'un de ceux-là pense acquérir du lustre
A nier résolument la supériorité
Que comporte le rang d'une naissance illustre,
C'est son droit, mieux encor, c'est le plaisant côté
Du rôle qu'il remplit dans cette comédie :
On est égalitaire, en France, par fierté,
On l'est dans la mesure exacte de l'envie
Qu'éveille en la plupart le titre bien porté,
　　Le nom qui traversa les âges
　　En laissant à chacun des gages
　　Constants de sa vitalité ;

Enfin, succédât-il à ces brillantes pages
Une mauvaise veine où la médiocrité
Des sentiments l'expose à de fréquents naufrages,
Eh bien encor le titre, à lui-même livré,
　　Aurait cet avantage,
　　De douteuse équité,
Que parfois il suffit des derniers du Lignage
Pour relever l'éclat de son prestige usé.

Soit, mais à tous les yeux qu'aucun grand nom n'abrite
　　Ni n'oblitère la clarté,

Noblesse oblige.... ou, moindre alors que l'émérite
Et simple distinction du labeur honoré,
Qu'est-ce au fait ? Un blanc-seing d'une forme insolite
    Et magnifiquement scellé,
Au dernier occupant, par droit d'hérédité,
Conférant la valeur qu'à peu près accrédite
Une Etiquette d'or à plante parasite.

Prince, voici ce peuple, aux sept millions de voix,
    Qui vous porta sur le pavois,
    En retour de sa délivrance,
Et pour remettre à flot l'Arche de l'alliance
    De tous les légitimes droits ;
De cette Arche qui n'est qu'à l'état d'espérance,
De l'Empire, en un mot, quand le jour aura lui,
Nul doute que le ciel dont vous eûtes l'appui
    Afin de nous tirer du gouffre,
    Ne vous prête celui,
    Pour souffrir ce qu'il souffre,
De l'attribut divin qui n'appartient qu'à lui.
Par bonheur un sang jeune, invaincu, vous inspire,
Le sol est désormais raffermi sous nos pas,
L'Aigle qui va briller au front de nos soldats,
    A nous rassurer tout conspire,
Merci, Prince, et jamais si nous sommes ingrats,
De son Trône d'airain, plus beau que le porphyre,
    Vous entendrez quelqu'un vous dire :
    La Postérité ne l'est pas.

                            X......

www.ingramcontent.com/pod-product-compliance
Lightning Source LLC
Chambersburg PA
CBHW061536170626
46811CB00004B/1952